窓辺の気色

鳥切かずみ
TORIKIRI Kazumi

文芸社

はじめに

原稿用紙に目を落とすと、ペンを握りたい衝動に駆られる。
喉の渇きで水を欲する時のように。
コロナ禍で辟易している今、思い立って愛用の万年筆を取り出してみた。
新しいインクを差し込んで、準備は万端。
いつものように窓の外、隣家の屋根越しに広がる空を眺めてみる。
空の色や雲の動き、合い間に明るい青空が見え隠れする。
空模様と私の心模様が融合すると、一つ二つと言葉が浮かんでくる。
真っ白い原稿用紙に藍色のインクで、思いを組み立てて書き込んでゆく。
この文体はエッセイ、詩、自分史、どのジャンルかを自らに問いかけてみる。
いずれも明確ではないが、おおよそ二十年前に書き記した〝四十八歳の記〟。
あの頃、私にあるのは絵心の趣味だけなのかと考え込んでいた。
自ずと一編の詩が生まれて、文章表現の面白みを自覚、今日の文体へ繋がっている。

先頃、秋晴れの窓辺から、空に向かって愚痴ってみた。
毎日がコロナでうんざり。
もやもやを発散してみたい。
空は、そら！　と私の背中を押した。
もらった活力で行動しよう。
そこから本気を出して、『窓辺の気色』の執筆に取りかかった。

目次

文化・芸術

繋がり

友情の花

コロナ禍　二〇二〇～二〇二一春

窓辺の気色

涙の向こうに

四十八歳の記

一つずつ　何かを知って何かを摑む
一つずつ　何かを忘れて何かを失う
また一人　誰かと出会って好奇に燃える
また一人　誰かと別れて物思う
一つずつ　心を深めて人生を味わう
一つずつ　歳を重ねて人生を楽しむ

高い空から

子どもの瞳は眩しくて
大いに遊べ　走りまわれ
そのやわらかな命と心の発達を
高い空から見守る力
太陽の光が降りそそぐ
親と子の絆も
お日さまのようにあるはずなのに
その成長を愛おしむことなく尊厳を奪い
死に至らしめた冷酷非情な人間像
嘆かわしい世相の裏側に閉ざされて
救いを求める声も届かず伏した
少女の涙に涙が被《かぶ》る

涙は心　涙は愛

涙は心　深い思いが浮かんで溢れる
涙は愛　受けた恵みが満ちて零れる
心の涙は光を　愛の涙は慈しみを映して
暗い哀しみを澄んだ水色に変えてゆく

区長の声　黙禱

地域住民への呼びかけ
区長の声が響く
午後二時四十六分　あの時刻が迫る
窓越しに　雨上がりの青空を仰ぐ
黙祷　三月十一日
静かに閉じる瞼に涙が滲む
暴走津波　濁流が奪い去った人々の故郷
無数の犠牲に鎮魂の祈りを捧ぐ

土踏む人

その生活に土踏む毎日がある
山を下り　竹林を抜けて
小川の水面を滑る風がある
土手を行き交う靴音に
草木すら愉しむ憩いがある
此方彼方《こなたかなた》で土踏む人は
風と遊ぶ自由がある
土踏む人には
仕事に取り組む気魄がある

草紅葉

草むらの朝露に戯れて
踏み跡は繁茂へ広がりゆく
視界の先に木立が迫り
鳥の囀り甲高く
水の音遠くに響く
獣道を辿り
思い描くは朝露の草紅葉
一年負うごとに
嗚呼　人生行路難《かた》し

気になること

振る舞い

謙虚な様は快い
その振る舞いに
飽くことなき慎ましさを見る
謙遜が過ぎると見苦しい
身を低くして通す振る舞いは
我意に他ならず
独善に陥れば
根本を台無しにしかねない

腑に落ちて

腑に落ちない話でも
もはや年の瀬
立ち往生しておれず
明ける年に山巓を仰ぎ
腑に落ちて笑い飛ばそう

銅鑼が鳴る

風聞に飽き果てて
見切りをつける
よからぬものを洗い流して
これからをゆく
追い風吹いて銅鑼が鳴る

今一度

障る視線も雑音もなく
気楽という名の時間と向き合う
今一度　心得違いをしていないか
指組む両手を開き　手の平を見つめる

言行は好ましく

年一回の集いとなれば衣装を選び
ヘアスタイルやメイクにも気合が入る
どこの会場でも　それは単なる社交辞令でも
一言二言の褒め言葉が聞こえてくる
相変わらず若いわね！
洋服お似合いよ！　と談笑の声
そこへいきなりの暴言
アラ！　整形？　冗談なのか本気なのか
呆れた無礼者としか言いようがない
鏡に映る自らに向けて　言行は好ましく

文化・芸術

絵本

よい絵本は　よい一日を運んでくる
よい一日は　よい時間を作り
よい時間が　よい心を育ててゆく
よい絵本　よい一日　よい時間が
子どもたちを喜ばせて　幸せにする
みんなを和ませて　豊かにする

ウィーン・モダン

冷え込んだ朝を迎えた
予定通り　国立新美術館へ出かけた
世紀末への道〝ウィーン・モダン展〟
上野で開催のクリムト展は暫時の混雑
頃合いを見てからにしよう
クリムト作《エミーリエ・フレーゲの肖像》
シーレ作《ひまわり》
感に堪えない描写　途轍もない両者の才能に
こんな絵を描いてみたいと憧れてみても
たとえ生まれ変わっても
これほどの感性を到底育めはしない

クリムト展

今日はお出かけ日和
夫を誘って向かった先は東京都美術館
クリムト展はまだまだの盛況で
二十分待ちの告知後も三十分以上立ち並んで
館内は押すな押すなの人の波
友人推奨の《ヘレーネ・クリムトの肖像》を
入場口の隙間から確《しか》と観て
観客の背中越しに鑑賞　順路を進み
程好く疲れて夕方に帰宅
好機逸すべからず　満ち足りて夜空清む

追究と変化

六本木　上野界隈は秋たけなわ
国立　都立　各美術館へ出展の友人たち
絵を描く人各々の　努力の証がここにある
作品を前に　作者の視点で立ってみる
モチーフの追究　表現の変化を想見
聊《いささ》か見蕩れて　さらにも言わず秋は深まりゆく

波枕

踊る人　プリティー賞
描く人　各美術館へ力作を出展
奏でる人　箏曲師範を目指して温習会
娘の演奏会場を後に　車中ラジオから
パーソナリティーが弁舌ふるうゴッホの話題
存命中に売れた絵が　ただの一枚とは
芸術は夢路をたどる波枕のような
揺れて励む人の鼓動が聞こえてくるような

力となる

読者は著者の思惟を探る
鑑賞の目は画家の入魂を見つめる
器の目利きは陶工の技量を見据える
好評不評に拘らず
丸ごと生み出すための力となる

空は元気

あまりの暑さに目が眩む
それでも頭上を見上げてみる
空は元気　明るい水色
広がる白い綿雲　夏本番
そうか！　私も汗拭いてがんばろう

フランス語

入門クラスなら何とかなるはずと
安易に始めたフランス語は面白く
いやいや何ともかんとも難しく
何年やっても堂々巡りと想像が付く
語学力の乏しさを痛感しながら
併せて　コロナ発生によるクラス休講
苦手意識に輪をかけて頓挫を来す
それでも嗜好との絡みで諸々に興味がわいて
スペインやイタリア産ワインも好いけれど
グラスに注ぐ産地銘柄も変わってくる
サグラダ・ファミリア
ヴェネツィアへも行ってみたいが

予予《かねがね》魅了のモン・サン・ミッシェル
サン・マロ湾に浮かび聳える修道院を
いつの日か訪ねてみたい
学びを通して再燃する憧憬の名所観光地

繋がり

ルビー号

四十年前　挙式の朝の心境は
せかせかと時間の経過も空白のまま
点描のような情景から　はっと我に返る
遠く聞こえてくる記憶の祝辞
「本日は昭和の五四三二一……」
年月を経て　今日は平成最後の三一三二一
あっと言う間の四十年　ルビー婚を迎えて
通学専用の自転車をリクエスト
来る春に新たな発進　気分も一新

ボディカラーはエメラルドグリーンでも
無論　その名は〝ルビー号〟

相棒を乗せて

行きはバス停まで急ぎ足
帰りは遅延でさんざん待たされて
交通手段を自転車に切り替えてみよう
さあ！　ルビー号で新学期スタート
シルバー通学の相棒を乗せて
合点《がってん》承知のルビー号が走り出す
車輪は軽やかに　やさしい風を切りながら

さらなる平和

昭和に生まれて基礎を固める
躍動三十年の平成が終わる
新たな歴史　令和が始まる
日本の国は美しく
世界はもっと素晴らしく
地上に　さらなる平和を願う

幸福な場所

元旦の朝刊紙面に
企業挨拶の全面広告〝実の家〞
某住宅メーカーのメッセージ
〝育った家　懐かしい家　帰る家　家族に還る家
　世界にふたつとない幸福な場所〞
父母亡き後も
姉弟で集った実家が懐かしい
あの夏　豪雨水害で失くした実家は
同じ心にふれる○○ハウス〝実の家〞
年月は移り行き　嫁いだ娘が　孫娘が
遊びに来る家　幸福な場所
わが家も新たな家族を繋ぐ　実の家

約束ね！

言葉遣いも顔立ちも
いよいよハッキリしてきたおチビちゃん
来ると早々　ばぁまちゃんと遊ぶの
ぬいぐるみのワニさんも一緒で給食ごっこ
木のお皿にエアーメニュー
いただきま～す
おいしいですね　ウフフ
お腹いっぱいですね　アハハ
あっ　歯磨きしなくちゃ
そうだ　お風呂も
電気消してくださ～い　寝ますよ
次々と　もう大変です

そろそろお帰りの時間ですよ！　ママの声
イヤだ　イヤだ　ばぁまちゃんと遊ぶの
じゃあ約束しましょ　来週も来てね
イヤだ　まだ遊びたいの
来週も遊んでちょうだいね　約束ね！
は～い……

※おチビちゃんはすくすくと成長して、今春一年生になりました。

必然ですね

あなたは一番の男友だち　信頼の人
あなたは唯一の伴侶　最良のパートナー
あなたの洒落が馬鹿げていても
こっちの耳で受け取って
もう片方で聞き流して
平穏を分かち合い　寄り添い歩む
二人の出会いは偶然ですか
いやいや必然ですね

どうにもならない

その日　仕事を抱えて渡航する人
同じその日に　命を終えて旅立つ人
後日　機上の人は無事帰国
同日　荼毘に付された姿と声は天国へ
祈りは届くのか　聞き入れられるのか
どうにもならない
銘々に異なる運命を思う

〝メリークリスマス〟

二〇〇七年のクリスマス
〝メリークリスマス〟を伝えたくて
母の携帯へ何度コールしても応答がない
イブのメッセージを諦めて　翌日に
おかしいな　はたまた電池切れなのか
充電のお願いを遠慮しているのだろうか
翌々日　叔母たち親族が施設を訪問
母はいつになくにこやかで
面白話をいっぱい聞かせたらしい
叔母からの連絡に安堵して
一夜明けた早朝に　母を救急搬送との報
夜半にベッドから転落　脳出血と診断されて

そのまま安らかな眠りについた
二〇〇七年のクリスマスに母は生きていた
〝メリークリスマス〟
私の声は届かなかったが然し
訪ねた親族たちを冗談いっぱいに笑わせた
繫がらない携帯は予兆だったのだろうか

電話創業の日（十二月十六日）

昭和二十年代の田舎町
須佐局一番は町役場　そして公民館
続いて駅舎　駐在所
郵便局に銀行　医院や歯科医
中学校に小学校　幼稚園と保育園
農協・漁協・森林組合　牧場
醸造酒屋　芝居小屋に映画館
旅館三軒　神社仏閣七、八院
終戦後　両親が営んだ写真館は三十二番
黒電話のハンドルをグルグル回して
今も消えない記憶　須佐の三十二番です

愛犬けんた

十年一昔　戌年早春のこと
初対面の幼犬は　眼光鋭く素早い動き
里親さんから譲り受けた名前は〝ゲン〟
もっと穏やかにと〝けんた〟に改名
けんたくんの日常は
わが家の庭が馴染みの陣地
定番のポーズで近隣を眺め
公園へ行き帰りする園児たちから
声かけられるアイドルになり
いつしか老いぐむ今をゆったりとして
物腰やわらかにこの目を見つめる

飼い主の励み

けんたくん　この頃年を感じさせますね
夕刻になると憂い顔　日が沈むと黄昏吠え
凛々しい若武者のような時代から
いつしか悟りの境地へ
やさしい気持ち　おだやかな触れ合いが
命の糧であることを飲みこんでいて
まだまだ朝夕のお散歩も大好き
それが飼い主の励みです
君は愛おしく　大切な家族の一員なのです

祝十五歳

おめでとう　けんたくん
がんばってるね　けんたくん
聴覚　足腰の衰えは道理でも
老いる姿に恵みを受けて　瞳は清く
犬一匹の一生を全うしている
吠える意欲はなくなっても
目と目　肌と肌で
幸せのやりとりを続けていこうね
今日も明日も　また次の日も

※二〇二一年六月末日、愛犬けんたは安らかに旅立ちました。

友情の花

旧友

すぐには会えない旧友がいる
時おり寄越す知らせに心配を尽くすばかり
四十年以上会っていない
控え目で　変わらぬ物言いがいとおしく
当面は　リハビリに励む様子が窺える
コロナが終息した暁に
年を重ねる姿はお互いさま
古希は歓びの節目と再会を促してみる
明るく応ずる声がうれしくて
前向きになった勇気がもっとうれしくて

友だち

会うのが楽しみ
会えば嬉しい友だちの存在
みんな違うから惹かれてしまう
変わらないのは気の好さ　人の好さ
寄る年波　専らの話題は
好きなことを楽しく続けること
体力気力の維持や改善あれこれと
時には高尚な話もしたりして
インテリジェンスに富むか否か
それは無理と噴き出したり
これが現実と納得したり
もっと勉強しておけばと頷き合う

会えない時でも友だちとは
まこと大切で実のあるもの

三十一分のバス

ピンポ～ン♪
は～ぃまぁうれしい！
ごめんなさい　ちょっと寄っただけ
三十一分のバスに乗るの
今朝の電話の声が気になって
な～んだ元気ね　良かった！
待って待って　バス停まで見送るわ！
狭い路地を早口会話で通りへ抜ける
あ～今日に限って　もうバスが来た
いってらっしゃ～い！
いってきま～す！
バス停の前で手を振る元気な笑顔

車窓越しに伝わる明るい気分
笑顔っていいいな
心弾んで手を振り返す

五時の鐘

友人の個展で銀座へ
友だち五人で画廊へ足を運んだ後に
同窓会のような一日を楽しんで
別れて帰る道交《みちか》いに
なんとも微笑ましい母子の会話
♪　キ～ン　コ～ン　カ～ン　コ～ン　♪
夕空に響く五時の鐘
あれな～に　なんの声？
若いママに問いかける幼い女の子
なに言ってるの？
だってお空の上から聞こえるよ！
あれはお家へ帰る五時の鐘！

ふと連想　五人が育った町々にも時の鐘
わたしたちにもそれぞれに
こんな童心の時代があったはず
あ～なんてしなやかな一日なのか

旭山動物園

目的は友人の個展で北海道へ
旅先で立ち寄った旭山動物園
園内を一通り一周して
釘付けになったキリンと狼の習性
仲間のいない一頭だけのキリンが
頭上高く　遥か遠くを見据えて
威圧するかのように迫り来て
さっと身を躱して通り過ぎる
片や　群れで固まる狼の丘
リーダーなのか　一段と立派な図体で
眼光は鋭く射すくめられる
キリンの動作　狼の目力に

強く確かな野性の主張
凛とした存在を見せつけられた
旭川行き有りきの認識を新たにした

旅物語

いつもの帰郷とは別物で
友人と誘い合っての旅物語・山口広島ツアー
初日は萩城三の丸・北門屋敷泊
二日目は長門湯本温泉・大谷山荘泊
ここへ訪ねてくれた高校時代の級友五人
ロビーの喫茶コーナーで再会を喜び
都会暮らしの凝りを解《ほぐ》す解放感
地元の近況や一口話を口々に
飛び交う方言は親しみ深く
別れを告げた後も暫しの余韻に浸る
最終日は秋芳洞　厳島神社　原爆ドーム
三日間を楽しんだ同伴の友には感謝の限り

私の根っこ　長州の印象は如何であったか

花瓶と茶碗

陶芸家の友人が暮らす町
岐阜県の土岐市を訪ねた
二泊三日の中日は陶芸教室
轆轤《ろくろ》台の扱いに難儀して
粘土と格闘の繰り返し
素人の小手先なぞ撥ねつけて
どうにか馴染んで
二つ形になって
釉薬を選んで
二ヶ月間をじっと待つ
ようやく届いた花瓶と茶碗を手にして
思い出の工房は長閑に

私の寛ぐ居所は花やいで

故郷と親を知る友情

青春時代の友だち付き合いは
広く浅く　出たり入ったり
モザイクのような構図で
未熟な孤立感を埋め合うような
無責任とご都合主義で生きていた
そこに別物別人も居て
お互いの実家を訪ね合う仲
寝泊まりして相手の親を知り　温みを覚え
機微に触れ　信頼を深めていった
築いた友情の厚みは困難に強く
ＯＬ時代からの一人とは
年に一度　もしくは会えない年もあるが

機会ある度　会話は軽快に簡潔に進む
喜び悲しみをまとめて勇気に変える
生粋の江戸っ子は気っ風がいい
私にないものを持っている
さみしくも　他の一人はもう居ない
それぞれの故郷　田舎町で培った
隠れて見えない倫理観のようなもの
阿吽の呼吸で大いに遊んだ青春と
似通う片鱗を思い出に閉じ込めて

時を同じくとはいかないまでも
山陰本線を走る車窓に広がる日本海
わが故郷の海　山　空を通過する旅路に
私を懐かしんでくれたであろう友がいて
今更ながらの親睦をうれしく思う

先ずはご挨拶から

メールをくれた友人と会場で合流
行く先は一人の同窓生の陶展
某デパートへと出向いた
卒業後半世紀ぶりの顔合わせは
目だけを出したマスク顔で
学生時代の専攻も違った所為か
奇妙であやふや　先ずはご挨拶から
はじめまして！　でもなく
お久しぶり！　とも言えず
会話は弾むが不思議でならない
後日のやり取りでも摩訶不思議
土の道を行く人のルーツは同県人

関門海峡　響灘の風波を知る人
今にして　目新しい友人を知り得た

スコーピオンとリブラ

纏わる思いは謎のまま
流れて過ぎた空間に
薄れた背景とぼやけた焦点
肩を貸し合い　膝を交え
青春を謳歌したスコーピオン
根拠も空空しく疎遠になって
一連の友から　スコーピオン急逝の知らせ
いつかは　リブラも向かう未知の星団
その先は　彼方天体の隣座に居座り
無の域で　往事の謎解きよりも
久しく乾杯！
芳醇なワインを堪能しましょう

どうなさいましたか

終始　無反応に空疎を覚える
時差反応で粋な計らいを稀に見る
直ちの反応〝どうなさいましたか〟
何とやさしい言葉遣いか
咄嗟の一言から伝わる美しい徳

コロナ禍　二〇二〇～二〇二一春

コロナウイルス

空間を掠め忍び寄るコロナウイルス
音もなく　目に見えず　世界を跨ぐ病原体
注意喚起から幾日か
終息の日は遠く困難なのか
人体はもとより　生活基盤を脅かされて
マスク不足の最中で閉塞感を耐え忍ぶ

沈黙の労い

他国で　自国で蔓延のコロナウイルス
最新情報に耳を傾け
鼻と口元をマスクで覆い
人と人　その距離感の緊張を鎮めて
医療従事者　休業できない業務関係者へ
沈黙の労い
お疲れさまです　ご苦労さまです

架空のカフェテリア

また会う日への楽しみは消えてしまい
別れ際に交わす挨拶もなくなり
未だ連日　また明日も
無敵なコロナと無力の人間との攻防が続く
せめて　あの日の約束を
思い描いて慰む架空のカフェテリア

うららに　さやかに

鉛のような空気を吸って吐いて
重い呼吸を繰り返す
悩ましいコロナウイルス対策には
医科学分野で人知の限りを尽くせるはず
世の仕組みは甚だ混乱して
詭弁　責任転嫁　鉄面皮
令和はうららに　さやかにと
口角緩めて息をつく

後々の気色

いつもの夏がやって来て
陽はじりじりと　しきりに蟬の声
例年八月はお盆帰省で賑わう列島各地
よもや　世間がこんなことになろうとは
会いたくても会わないで
行きたくても行かないように
じっと据わり　後後の気色を見つめる

痺れを切らす

一年前は素晴らしく
あちこち出かけて　会食　会話
そして自由なプライベートタイム
どれもこれもが大切で　至福の時
コロナと向き合う今にして
辺り辺り気詰まりで　ほぼ痺れを切らす

そら！

秋は自由で感慨深く　空気が美味い
振り向けば　背中の後ろに幾つもの秋
澄む空に　この先のこと
私に巡る秋は幾つぐらいか問うてみる
答えずとも懐は深く
そら！　背中を押す秋の空

窓辺

冬空晴れて　諸々を忘れる刹那に
心地よい窓辺で背伸びする
不意の突風がカーテンを巻く
成り行きでドアを叩きつける
その音に追随の速報
都内感染者数　五百人超えの五三三人
辛抱を繰り返して　望みを先延ばしして
当たり前の幸福　実質を伴う時間を恋しく思う

あとがき

新型コロナウイルスの感染は瞬く間に拡大、人々の日常を一変させました。私自身、オープンカレッジのクラスを一クール残して、学びの窓が不意に閉ざされました。あの日が最後になるとは思わずに、帰り路の別れ際にクラスメートと交わした約束は、「桃の節句にお茶会を。来週また会いましょう。」後日、長期休校の通知を受けて、同時に生活のリズムがことごとく崩れていきました。

人との交流も断たざるを得ない状況下で、あの人この人への思いが、遠い日の別れや忘れがたい旧友にまで及んでいきました。

人々の暮らしに衣食住は必須の条件です。人との繋がりもまた必要不可欠です。

コロナ禍に蹲りながらも、これしきで揺らぐことのない価値観を自覚して、人を恋しく思う私の気色が切り替わりました。

苦況の時ですが、幸いかな『窓辺の気色』を著すことができました。
心の声を受け取ってくださった読者の皆さまへ、深く感謝申し上げます。

鳥切かずみ

二〇二一年六月

著者プロフィール

鳥切 かずみ（とりきり かずみ）

1951年生まれ
山口県出身、東京都在住
1972年トキワ松学園女子短期大学（現 横浜美術大学）造形美術科卒業
1979年 KDD 国際電信電話株式会社（現 KDDI）退社
著書『あの春以来』（2003年新風舎）、『めばるの部屋』（2019年 文芸社）

窓辺の気色

2021年 9 月15日　初版第 1 刷発行

著　者　鳥切 かずみ
発行者　瓜谷 綱延
発行所　株式会社文芸社
〒160-0022　東京都新宿区新宿1－10－1
電話　03-5369-3060（代表）
03-5369-2299（販売）

印刷所　株式会社フクイン

ISBN978-4-286-22854-9